KB213336

다도해

시와함께 (Along with Poetry) 시집 007

이수오 시집

다도해

넓은마루

 2004년 제5시집 『저 높은 곳에 산이 있네』를 마지막으로 시를 등지고 살았다. 시 때문에 심히 앓던 몸살이 가시고 그런대로 지낼 만했다.

 금년 입춘에 고흥 팔영산에 혼자 올랐다. 깃대봉에서 바라본 다도해의 섬들이 불현듯 가슴에 시편으로 다가왔다. 숨 돌릴 틈도 없이 수많은 섬들에게 그냥 붙잡히고 말았다.

 다도해 시편들은 '자연'의 섬에서 '인간'의 사회를 되돌아보는 입장에서 정리되었다.

 '자연'의 근저에는 내가 언제나 신뢰하는 노자와 장자의 시선이 깔려 있다. 또다시 '시가 무엇인지' 생각하게 된다.

2020년 여름
그대를 기다리며... 자은

| 목차 |

제1부

제2부

제3부

제4부

제5부

제6부

제7부

제1부

다도해 1

입춘이면 온다던 그 바람,
팔영산 깃대봉에서 기다린다
숨죽인 저 섬들,
한순간에 꿈틀거린다

예나 지금이나
바닷물은 간이 잡혔는데
너와 나,
왜 싱겁기만 하는가
그 바람 맞고
얼굴 들어 보자구나
저 하늘이 어떤지

다도해 2

파도가
불시에 얼굴을 때린다
누구일까
저 너머로 당기는 자는

뒤돌아보면
작은 섬과 어린 갈매기뿐,
그 사이 사이로
세상은 아직도 태연하다

다도해 3

졸고 있는 저 섬들,
꿈속에서
대붕을 보았을까

북명에서 흘러든
저 힘찬 물줄기,
그 위에 멸치가 춤춘다

무엇 때문일까
뜬 구름 쫓던 갈매기,
바람 한 자락에
그냥 휩쓸린다

다도해 4

날이 선 파도,
애써 맞서는구나
저 작은 섬들

아직도
누굴 기다리는가
누굴 기르는가
무슨 허물로,

다도해 5

일제히 날아오르는
저 작은 섬들,
그 힘찬 나래 짓에
하늘빛이 더욱 곱구나

한순간에
빈털터리가 된
나는
지금 어디로 가야하나

다도해 6

나만의
나만의 존재,
어디 있을까

저 무인도에
가볼까
그냥 빠지고 묻히면
아득해질까

다도해 7

귀한 것들,
어찌 아랴
눈 멀고
귀 닫힌 지 너무 오래,

저 섬에 가면
눈 귀 돌아올까

맘 한 자락 펼쳐
그냥 파도에 내맡겨야지

다도해 8

차알썩 싸아악

밤낮없이
씻고 또 씻어낸다
그래서
무엇이 남는가

볼 수도 없는
만질 수도 없는
그래서
말할 수도 없는,

다도해 9

왜
그러는가
가르고
따지고,

실재가
아득한 오늘,

저 작은 섬에
가볼까

다도해 10

어느 것이 미이고 추인가
어느 것이 선이고 악인가
어느 것이 행이고 불행인가

파도는
왜 왔다가 가고
왜 갔다가 오는가

저 작은 섬에 든다

부드러움에
강함, 끝내 무릎을 꿇는구나
쉬움에
어려움, 끝내 얼굴을 묻는구나

다도해 11

하늘 보는 것,
누가 쉽다고 할까

바다 보는 것,
누가 쉽다고 할까

저 작은 섬에
그냥 가볼 일이다

하늘이 무엇인지,
바다가 무엇인지,

다도해 12

왜 내려놓질 못하는가
왜 비우질 못하는가

억지를 부리지 않고
서두르지 않는구나
저 작은 섬들,

그래서
굽히면 온전해지고
휘어지면 곧아지고
적어지면 얻게 되는구나

다도해 13

푸르름 잃지 않고
바람에 찢어지지 않는 바다,
저 섬들 때문이다

높아지면 누르고
낮아지면 올리며
남으면 덜어내고
모자라면 보태는,

그래서
끝장을 보는 일이 없구나

다도해 14

면 듯 가깝고
가까운 듯 먼
저 작은 섬들,
서로 마주보며 대비하는구나

오늘은 어제가 아닌 듯
자연스럽게 뒤바뀌는
순간, 순간들,

다도해 15

먼저 펼치는구나
오므리려고,
먼저 강하게 하는구나
약하게 하려고,
먼저 주는구나
빼앗으려고,

파이면 채워지고
낡아지면 새로워지고
적어지면 얻게 되는구나

그리하여
수평선을 지켜가는
저 작은 섬들,

다도해 16

완전한 것은 모자라고
찬 것은 비고
곧은 것은 굽고
좋은 솜씨는 서툴고,

이런 세상,
저 작은 섬들도 안다

보일 듯 말 듯 아득해도
어찌 바늘허리에 실을 맬까
쉽고 작은 것은
어렵고 큰 일의 뿌리이려니,

다도해 17

채우고 또 채운다면
텅 비고 말 것이다
가지고 또 가진다면
영 잃고 말 것이다

덜어내면 보태지고
보태면 덜어진다
있음은 없음의 작용이려니,

저 작은 섬 둘레에
은빛 별들이 내려앉는다

다도해 18

볼 수도 없고
들을 수도 없고
잡을 수도 없는 것이
되돌아간 듯
되둘아온 듯,

저 작은 섬에 가볼까

바람이
멀리 가더니 되돌아온다
파도가
뻗어가더니 되돌아온다

다도해 19

무엇이랄까
요명하고 적요하기 짝이 없다

문자불립,
막막하구나
글로 다할 수 없으니,

신기할 따름이다
선한 물에
맑은 바람에
밝은 햇살에
오손도손 저 존재들은,

다도해 20

무엇이라 부르랴
새로워지는 순간, 순간들
어찌 닫힌 이름으로 다하랴

끊임없이
잉태되는 저 생명들,
그저
자연성의 흐름일 뿐인가

다도해 21

무욕할 줄 아는가
행하기 그지없이 쉬운데,

어렵다면
저 작은 섬에 가 볼 일이다

순수함과 부드러움,
오직 이것뿐이다
그러면
있는 그대로만 수용하리

다도해 22

파란 물 속
마구 뒹구는 저 바람,

한껏 강해지더니
한없이 부드러워지는,

스스로 모를 지워버리는
저 자유자재,

무엇을 찾았는가
어디로 돌아가야 하는가
섬에 든 나는,

다도해 23

기구와 재주,
어디에 쓰랴
옛적의 굴레,
어디에 쓰랴

그냥 있어
물빛이 곱고
하늘빛이 맑은
저 작은 섬들,

어찌 혼미스러우랴

다도해 24

억지로 만든 온갖,
색깔에 시력을 잃는다
소리에 청력을 잃는다
음식에 구미를 잃는다

저 섬들은 알고 있다

탐하고 또 탐하면
자신을 잃어버린다는 것을,

다도해 25

파도가
낮추면 높아지고
뒤쪽에 서면 앞서게 되고
물러나면 나아가게 되는구나

바람이
너무 들쑤시지 않고
너무 까다롭지 않으니
그 진정을 알겠구나

제2부

다도해 26

온갖 바람들,
바다는 그대로 받아들인다
또한 그대로 내보낸다

파도, 파도에도
바다는 언제나 바다일 뿐,

저 섬들은 알고 있다

어떻게
바다가 영녕으로 무애를 누리는지,

다도해 27

현혹되지 않는
눈과 귀,
실상에 가까워지리라

그냥 있는
저 작은 섬들,

허정하니
모든 것이 담겨지고
모든 것이 담겨지지 않는,

다도해 28

눈으로 보이는
귀로 들리는
손으로 만져지는
그런 것들,
삶의 뿌리가 아니구나

무애의 존재,
저 작은 섬들이 이르네

다도해 29

많이 가지려 하는가
그러면 허물을 남기리라
더욱 많이 가지려 하는가
그러면 넉넉해지지 않으리라

애써 아끼는가
그러면 위태롭지 않으리라
더욱 아끼는가
그러면 만족하리라

저 작은 섬에서 일이다
아껴서 만족하니
몸의 소중함을 알게 되는구나

다도해 30

저 작은 섬에서는

검약에 검약,
쌓이고 쌓이는 덕,
자연스러움 뿐이다

뒤돌아보니
무욕이구나
두려움이 없구나
죽음의 땅이 없구나

다도해 31

자애로운가
검약한가
나서지 않는가
이런 것들,

저 섬의 보물이다

빛과 먼지가 일직선에 있다
무슨 다툼이 있으랴
겸손이 모든 것을 포괄한다
무슨 억지가 있으랴

다도해 32

언제 멈출 것인가
저 바람,
언제 물러날 것인가
저 파도,

공명심을 잃는 것은
저 섬에 닿는 순간이다
공평무사에
어찌 덤비겠는가

다도해 33

스스로 보이는가
그러면 밝지 않게 된다
스스로 옳다고 하는가
그러면 드러나지 않게 된다
스스로 자랑하는가
그러면 오래가지 못하게 된다

왜 여기에 있는가
이 섬은,
왜 저기에 있는가
저 섬은,

섬들은 말하지 않는다

다도해 34

하늘을 우러러 보는
저 섬들,
하늘이 바다고
바다가 하늘이구나

모든 것들이
하늘처럼 바다처럼,

오늘도
바다에 맡긴다

다도해 35

아끼는 말,
얼마나 뿌리 깊은가
하늘의 말이 그렇고
아는 자의 말이 그렇다

믿음직한 말,
어찌 아름다우랴
아름다운 말,
어찌 믿음직하랴

검약하고 검약한 저 섬들,
말하지 않으니 궁함이 없구나

다도해 36

감각의 문,
어느 때고 닫는다
이기를 모르는 저 섬들,

너와 나,
날개 없어도 날아오른다
사방을 둘러보니
현동이구나

다도해 37

도를 체득한 저 섬들,

구하지 않아도
저절로 얻어지네
행하지 않아도
저절로 이루어지네

자연을 따르는 저 섬들,

그 열매에 처하고
그 꽃에는 거하지 않네

다도해 38

저 섬에서 얻은 것들,

자애롭다면
어찌 남을 사랑하지 않으리
검약하다면
어찌 남에게 베풀지 않으리
앞서지 않는다면
어찌 양보를 실천하지 않으리

다시 생각해본다
나는 무엇에 의존하는가
나는 무엇을 귀하게 여기는가

다도해 39

몸으로써 몸을 본다
가정으로써 가정을 본다
마을로써 마을을 본다
나라로써 나라를 본다
천하로써 천하를 본다

저 섬들,
어떻게 태평하는지 알겠구나

다도해 40

바람이 한 일,
바람의 것인가
물이 이룬 공,
물의 것인가

바람과 물,
곧장 물러가는구나
소유가 헛됨을 아는구나

다도해 41

세상에
언제나 옳은 것은 없는가
저 섬에 가 볼 일이다

반듯하지만
가르지 않는구나
예리하지만
상처를 입히지 않는구나
곧지만
방자하지 않는구나
빛나지만
번쩍거리지 않는구나

다도해 42

스스로 보이지 않아도
밝게 드러나는구나
스스로 주장하지 않아도
모두가 긍정하는구나
스스로 자랑하지 않아도
환하게 빛나는구나

다툼을 모르는
저 섬들,
세상을 어지럽히지 않는구나

다도해 43

파도가 들떠도
초연하구나
저 섬들,

바람이 흥분해도
숙명을 지키는구나
저 섬들,

세월에 세월이라도
한결같구나
저 섬들,

다도해 44

지나침이 없구나
저 섬들,

사치함이 없구나
저 섬들,

교만함이 없구나
저 섬들,

하늘과 바다를 아는구나
저 섬들,

다도해 45

가지 않고도 알 수 있는가
보지 않고도 이름 지을 수 있는가
행하지 않고도 이룰 수 있는가

스스로 바르고
스스로 무욕하는
저 섬들,
그 뿌리를 알 수 있다면
가능하리라

다도해 46

저 섬에서의 일이다

굵은 베옷을 입어도
가슴에는 옥을 품는다
병을 병으로 여기니
병을 앓지 않는다
스스로 알되
스스로를 드러내지 않는다
스스로 아끼되
스스로를 귀하게 여기지 않는다

모든 것은
내면의 충실함에서 비롯되었구나

다도해 47

작은 것이
얼마나 크게 될 것인지
쉬운 일이
얼마나 어렵게 될 것인지,
저 섬들은 알고 있다

쉬운 데서
어려운 것을 도모하는구나
미세한 데서
큰 것을 행하는구나
저 섬들,

다도해 48

저 섬들은
무욕하라고 하네
무욕은
현묘한 것들의 문이라며,

무욕하니
파도가 보이지 않는구나
유욕하니
바람이 보이는구나

도대체
있음은 무엇인가
없음은 무엇인가

다도해 49

하늘이
어느 섬도 편애하지 않는구나
바단들
어찌 섬을 가리겠는가

마음을 비우고
배를 채운다
뜻을 약하게 하고
뼈를 강하게 한다
저 섬들이,

다도해 50

저 섬에서의 일이다

남을 위해서 했는데도
자기는 더욱 있게 되는구나
남에게 주었는데도
자기는 더욱 많아지게 되는구나

스스로를 위하지 않으니
어찌 장구하지 않겠는가

제3부

다도해 51

하늘과 바다를 껴안고
무릇 하나에 머물지 않는
저 섬에서의 일이다

가려서 물리치지 않고
소유하여 의지하지 않는구나
그리하여
서로 살리고 이루며
서로 어울리고 따르는구나

다도해 52

겸손과 검약,
있는 듯 없는 듯하지만
면면히 이어져
사용함에 다함이 없구나

저 섬에 가면
맑고 깊고 고요한
삶의 뿌리를 본다
누구나,

다도해 53

하늘은 오래 산다
왜 그런가
자신을 위하지 않고
널리 베풀기 때문이다

바다도 오래 사는구나
왜 그런가
하늘과 짝을 이루기 때문이다

하늘과 바다의 벗인
저 섬들,
맑고 깊고 고요하여
오래 사는구나

다도해 54

하늘이 그물을 던진다
엉성해도
빠져나가는 악인은 없구나

바다가 그물을 친다
촘촘해도
걸려드는 선인은 없구나

악인을 기르면
선인이 되는가,
저 섬들이 몹시 분주하구나

다도해 55

하늘의 도,
바다의 도가 되었구나

이롭게 하면서도
다투지 않고
낮은 땅처럼 거처하네

싫어하는 온갖 것들
쓸어 담고
올바르게 다스리네

무위의 일과
불언의 가르침을 배우는구나
저 섬들이,

다도해 56

하나의 방향에만
집착하지 않구나
바다와 하늘 같이
포용하는구나

그윽한 저 섬들,

고요히 하니
서서히 맑아지는구나
오래 편히 움직이니
서서히 살아나는구나

다도해 57

저 섬들,

하늘을 아니
가식을 끊어버리는구나
소박함을 드러내니
통나무 같구나

얽매임이 없으니
헛되게 저지르지 않구나
함께 생겨남을 알고
각기 뿌리로 돌아가는구나

다도해 58

바람과 파도,
어디 한나절의 것인가

저 섬들,

높은 것과 낮은 것을
함축하는구나
변화를 수용하고
오래 지속하는구나
힘을 오로지 모으니
영욕을 지켜내는구나

다도해 59

바람과 파도가
앞서는가 하면 뒤따른다
뜨거운가 하면 차갑다
강한가 하면 약하다
싣는가 하면 떨어뜨린다

저 섬에서는
억지로 하면 망치고
휘어잡으면 잃게 되는구나

다도해 60

저 이름 없는 섬들,
무슨 다툼이 있겠는가
무슨 욕망이 있겠는가

이름이 있게 되면
서로 차별하고
서로 다투는구나
끝내 본성을 잃는구나

이름이 있으면
족함을 알고
다툼을 그쳐야 한다
본성으로 되돌아가려면,

다도해 61

저 섬에서의 일이다

현명하여 자기를 알고
강하여 자기를 이기고
검약하여 만족을 안다

세월에 또 세월이라도
제자리를 잃지 않으니
오래가고 오래 사는구나

다도해 62

바다의 주인은 누구인가
저 작은 섬들이다
무욕하고 겸허할 뿐,
주인노릇하지 않는구나

담백하여 그 맛이 없고
아무리 써도 다함이 없구나
억지로 이루고자 아니하나
기꺼이 하는구나

바람과 파도가
자기 뜻만을 일삼아도
제자리를 잃지 않는
저 작은 섬들,

다도해 63

겉이 화려하면 엷을 뿐이다
꽃이 그렇고 경치가 그렇다
안이 진실하면 두터울 뿐이다
열매가 그렇고 무욕이 그렇다

저 작은 섬들,
이것저것 저울질하지 않는구나

다도해 64

무욕은
고요함에 이르게 한다
고요는
유욕함을 진정시킨다

무거운 의도가 없으니
저절로 바르게 되는구나
근원을 얻으니
덤덤하고 편안하구나

저 섬에서는,

다도해 65

깨끗함 더러움 모두 수용하여
오욕된 것처럼 보이지만,
안으로 간직하고
밖으로 비추려 하지 않는구나

어찌 나에게 감지되랴
우매를 깨닫게 되는구나
이 섬에서는,

다도해 66

저 섬들,

일상이 너무 자연스러워
눈에 뵈지 않구나
큰 아낌과 자랑이 없어
빈 것, 결핍된 것 같구나

어느 것이 더 소중한가
어느 것이 더 괴로운가
만족을 아니 욕되지 않고
그침을 아니 위태롭지 않구나

다도해 67

군더더기 지식이 줄어드니
자유가 늘어나네
꾸미는 일이 줄어드니
본성에 가까워지네

인위가 줄고 줄어
무위에 이르는
저 섬들,
하늘과 바다를 아우르네

다도해 68

있는 그대로 받아들이는
믿음으로 포용하는
분별을 멀리하는

저 섬들,

선한 자, 선하지 않은 자
모두 선하게 대하네

다도해 69

자연을 잘 따르고
무욕의 삶을 살아가는
저 섬들,

기르고 안정시키고
덮어주고 성숙시키는
타고남을 잘 보존하는
깊고 오묘한 덕을 지녔구나

다도해 70

집착하지 않으니
잃을 것이 없는,

억지로 하지 않으니
실패하는 일이 없는,

생기기 전에 처리하고
어렵기 전에 다스리는,

어찌 선하지 않겠는가
저 섬들,

다도해 71

있음과 없음,
밝음과 어두움,
생성과 소멸,
나타남과 사라짐,
모든 것들이
자연 하나로 녹여 있네

하나는 생성의 시원,
하나는 변화의 과정,

저 섬의 존재자들,
예서 비롯되는구나
조화를 이루며 평온을 누리면서,

다도해 72

일부러 맞아들이지 않는
억지로 내보내지 않는
저 섬들,

무엇이든
자기 것으로 저장하지 않는구나
그리하여
천성을 온전히 하고
아무 조짐도 없는 경지에 있구나

마음이 상처받지 않고
자유가 허락된
무애의 삶이구나
저 섬들에서는,

다도해 73

저 섬에서의 일이다

그렇다, 그렇지 않다
이것이다, 저것이다
어느 것이 더 아름다운가
어느 것이 더 쓸모있는가

하늘과 바다,
하나의 손가락이구나
새와 물고기,
한 마리 말이구나

구별은 인위이고 현상일 뿐,
본질은 그냥 하나가 되는구나

다도해 74

물고기, 하늘에 날아오른다
새, 바다로 뛰어든다

물고기가 새가 되었나
새가 물고기가 되었나

무인도에 선
나는,
무엇이 되었나

나무 되어 새를 부르는가
바람 되어 파도를 벗삼는가
구름 되어 비를 뿌리는가

아득하구나
섬의 이쪽 저쪽이,

다도해 75

저 섬에서는
명목 때문에 일하지 않는다
명목은 손님이고
실질이 주인이다
자족하면 실질을 얻는다

외물에 휩쓸리지 않으니
영욕을 모르네
밤낮이 뒤바뀌지 않으니
천지 본연의 모습이네

제4부

다도해 76

모르면
바다에 비추어 본다
그래도 모르면
하늘에 비추어 본다
시비와 대립이 사라지는구나
저 섬에서는,

무한한 변전이다
이것이 저것이 되고
저것이 이것이 되며
서로 기대는
커다란 긍정이구나
저 섬에서는,

다도해 77

사물은 사물에 맡기고
만연에 따르니
만물이 하나가 되면서
편견이 사라지네

사물과 자아,
각기 제자리를 얻고
순조롭게 뻗어나가는
자연의 균형을 이루네
저 섬에서는,

다도해 78

눈이 밝으면
광채 때문에 어지럽다
귀가 밝으면
음향 때문에 어지럽다
맛이 밝으면
음식 때문에 어지럽다

본성을 해치는
유위의 일들이구나

저 섬들,
무위로 본성을 제대로 유지하니
어찌 선하지 않겠는가

다도해 79

포정이 소를 잘 잡고
백락이 말을 잘 다루며
도공은 흙을 잘 만진다
이런 일들,
본성을 깎는 일이 아닌가

하늘도 간섭하지 않는다
바람은 스스로 오고
파도는 스스로 간다

본성대로
스스로 존재하는
저 섬들,

다도해 80

남의 물건을 마음을
훔치고 숨긴다
세상에서는,

모든 것이 분수대로
자연으로 되돌아간다
저 섬에서는,

선을 내세우지 않으니
악의 그림자도 지워지는구나

다도해 81

삶과 죽음, 질병과 건강,
가난과 부귀, 현명과 우둔,
비방과 칭찬, 추위와 더위,
이런 세상의 일들,
그 시작과 끝이 없구나

화기가 어리는
저 섬들,
늘 봄의 마음으로 조화롭구나
만물과 더불어,

다도해 82

보통 사람, 이익을 중시한다
청렴한 선비, 이름을 중시한다
현자, 뜻을 숭상한다
성인, 정신을 귀하게 여긴다

슬픔과 즐거움, 기쁨과 노여움
좋아함과 미워함의 감정들,
정신을 말리는구나

자연의 모습을 닮아
감정이 담담해지네
정신을 기르는구나
저 섬들,

다도해 83

바람에 바람 쌓고
물에 물 얹어도
언제나 하나가 될 뿐이구나

남을 사랑하고
사물에 이익을 주는가
곤궁을 수치로 여기지 않고
지나치게 기뻐하지도
슬퍼하지도 않을 수 있는가

이런 마음 저런 마음,
그 뿌리는 오직 하나
자연에 의해서 완성되는구나
저 섬들에서는,

다도해 84

무슨 욕된 일이 있겠는가
무슨 귀찮은 일이 생기겠는가
무슨 걱정이 많아지겠는가

자기 본래의 덕을 잘 닦고
고요한 삶을 누리는구나
저 섬에서는,

다도해 85

우왕좌왕하구나
저 바람이,
갈팡질팡하구나
저 파도가,
오늘따라

굶었는데도
거문고를 타고 노래하네
내면에 궁함이 없고
어려움 때문에
덕을 잃지 않네
눈이 내려도
그 푸르름을 잃지 않네
저 섬에서는,

다도해 86

하늘이 있어
바다가 있는 것인가
바다가 있어
섬이 있는 것인가

저 흔들리는 바람
저 울려퍼지는 파도
저 아득한 수평선,

심신이 상쾌해진다
영혼이 맑아진다
이 섬들이 있어
내가 있구나

다도해 87

스스로 보고
스스로 듣고
스스로 만족하고
스스로 말미암아
스스로 존재하네
저 섬들이,

하늘의 방임이구나

다도해 88

붙은 발가락 가르고
덧붙은 손가락 뜯어내고
학 다리 길다며 자르고
오리 다리 짧다며 이어주는구나
세상에서는,

태어난 모습에서
무엇이 남는가 부족한가
무엇이 긴가 짧은가
아무런 근심이 없구나
저 섬에서는,

다도해 89

지식과 규약에
교제와 기교에
스스로가 얽매이는구나
세상에서는,

하늘에 맡기고
하늘의 양육을 받으니
스스로가 자유롭구나
저 섬에서는,

다도해 90

본래의 귀로 하늘의 소리 듣는다
마음의 눈으로 사물을 대한다
덕의 힘으로 한쪽에 치우침 없다

괴상한 소리 듣지 않고
기괴한 물건 보지 않고
수상한 궤변 멀리하는
저 섬에서는,

다도해 91

진리, 누구의 눈에 보이는가
지식이 많은 자인가
시력이 뛰어난 자인가
언변이 특출한 자인가
총명한 자인가

오직 자기를 잊고
사물을 있는 그대로 보는
무심, 허심의 눈에 보이는구나
저 무인도에서,

다도해 92

남을 위해 쓸모 있으려고
땅에 금을 긋고 옥신각신한다
복이 깃털처럼
가벼워도 잡을 줄 모르고
화가 땅처럼
무거워도 피할 줄 모른다
세상에서는,

검약이 덕을 쌓고
덕으로 복을 얻는다
텅 빈 마음에 햇살이 가득하고
자연스럽게 만물과 융합한다
쓸모없는 것의 쓸모를 아는구나
저 섬에서는,

다도해 93

저 섬에서 일이다

누워 자면 그지없이 편안하다
깨어나면 어리숙하고 덤덤하다
분별과 시비에 빠지지 않는다
스스로 말이 된다
스스로 소가 된다

누가 물어도 모른다고 한다
하늘 한번 쳐다보고
바다 한번 살펴본다
말로 다 할 수 없어서,

다도해 94

마음, 얼마나 변덕을 부리는가
유연하다가 날카롭고
불같이 뜨겁다가 얼음처럼 차고
심연같이 고요하다가 높이 치솟고
동조면 기뻐하고 반대면 미워한다
세상에서는,

남보다 앞서 가려 하지 않고
함께 가서 편안하다
자연의 힘으로
마음의 균형이 잡히니
어느 한쪽에 치우치지 않는구나
저 섬에서는,

다도해 95

진정한 즐거움,
조화에서 비롯되는구나
하늘과 조화되고
자연과 조화되는가
사람과 조화되는가

저 섬들,
자연 그대로 거동하고
만물의 변화에 따르네
몸이 손상되지 않고
정신은 피로함이 없네
하늘의 즐거움이고
자연의 즐거움이구나

다도해 96

사심이 많고
공적 내세우기 좋아한다
칭찬에 더욱 애쓰고
비난에 기가 쉽게 죽는다
내심과 외물이 분별되지 않고
영예와 치욕이 구분되지 않는다
세상에서는,

무엇에 의존하는 것을 줄이고
서로의 존재를 잊고 지낸다
보다 더 자유롭고
자연의 변화에 잘 순응한다
큰 가뭄에도 생명줄이 이어지고
큰 바람에도 뿌리가 뽑히지 않네
저 섬에서는,

다도해 97

저 섬에서 자연의 음악을 듣는다

짧게 되다가 길게 된다
부드러워지다가 딱딱해진다
그쳤다가 다시 이어진다
충실하다가 텅 비어버린다
맑게 되다가 흐리게 된다

갖가지 변화가 통일을 이루지만
낡은 틀 속에 사로잡히지 않는다
유한의 세계에 머무는가 하면
무한의 세계로 흘러간다

몸이 빈 공간 가득 채우며 사라진다
마음이 한없이 부드럽고 조용해진다
모든 근심과 걱정이 사라진다

다도해 98

자기의 겉모양을 뽐내는 것,
남의 모양을 흉내내는 것,
모두 자신의 마음을 어지럽히고
소박함을 잃게 만든다

왜 남을 잊고 지내지 못하는가
백조는 매일 목욕을 안해도 희고,
까마귀는 매일 칠하지 않아도 검다
모든 것에는 차이가 있다
바탕이 본래부터 그러하다
어찌 겉만 보고서 알겠는가

저 섬에 가볼 일이다
타고난 천성대로 살아가니
바람처럼 아무런 구속이 없다
자연스런 덕을 좇아
끊임없이 내면을 기른다

다도해 99

사물의 귀천을 따진다
자신의 뜻을 구속한다
자신의 행동을 고정한다
세상에서는,

사물의 운명에 집착하지 않는다
뜻을 사물의 변화에 순응시킨다
행동에 경계를 두지 않는다
사물의 이치에 통달하니
마음의 흔들림이 없구나
저 섬에서는,

다도해 100

저 섬에서나 가능한 일이다

잠시 일을 멈춘다
조용히 눈을 감는다
마음 혼자 떠나게 한다
처음에는 몸 근처 맴돌더니
한순간에 멀리 간다
지상 위로 가다가
드디어 창공으로 비상한다
아무런 저항도 없는
절대 자유에 이른다
그렇게도 그리워하던
무하유지향이구나

진정한 즐거움에 한없이 편안하네

제5부

다도해 101

좁게 보고 듣는 자,
제대로 볼 수도 들을 수도 없다
지식의 장님 귀머거리 되어
남은 허황하다며 외면하고
자기만 최선이라고 한다
세상에서는,

크게 보고 듣는 자,
세상을 통합된 하나로 보고
만물을 혼합해서 이해한다
어찌하여 너와 나,
한 마리 물고기가 아닌가
저 섬에서는,

다도해 102

저 섬에서의 일이다

천지의 바른 기운 따라
그냥 순응하고 소요하는
한 순간에
나의 안과 밖,
모두 잃고 잊어버렸다
하늘의 소리 들리고
한없이 자유로웠네

사람의 소리, 땅의 소리,
얼마나 덧없는 것이었나

다도해 103

사람은 가옥에 살고
새는 나뭇가지에 머물고
물고기는 물속에 노닌다
누구의 거처가 올바른가

사람은 가축을 먹고
소는 풀을 뜯고
갈매기는 물고기를 잡는다
누구의 먹는 맛이 올바른가

사람은 미인을 좋아하고
물고기는 미인이 가면 깊이 숨고
새는 미인을 보면 급히 달아난다
누구의 아름다움이 올바른가

내가 새와 물고기 되고
소와 갈매기 되어 하나라면,
무엇을 따로 올바르다고 하랴
저 섬에서는,

다도해 104

맷돌과 회전문,
계속해서 돌고 돌 뿐
시작과 끝이 안보인다

시비와 논쟁,
돌고 도는 관점인데
끝장을 보고자 한다
세상에서는,

누가 어떻게
시비의 판단을 내리랴
하늘의 길이 조화로움을 알고
모든 것을 자연적 흐름에 맡기는구나
저 섬에서는,

다도해 105

아침에 세 개, 저녁에 네 개,
모두 화를 낸다
아침에 네 개, 저녁에 세 개,
모두 기뻐한다
세상에서는,

먼저와 나중, 이쪽과 저쪽,
부분과 전체,
긴 호흡으로
그냥 전체를 본다
마음의 눈이 참으로 맑구나
저 섬에서는,

다도해 106

자신과 타인, 이것과 저것,
옳음과 그름, 좋아함과 싫어함,
아름다움과 추함, 이익과 손실,
삶과 죽음, …… ,
땅만 보고 사는
날개가 없어 자기 키도 못 넘는
세상 사람들,

이렇게 저렇게 나누지 않고
둥글게 하나로 뭉뚱그린다
하늘을 보고 사는
날개가 있어 높은 곳에서 소요하는
저 섬의 사람들,

다도해 107

안개 속인가
꿈 속인가, 허둥지둥
길을 잃어버렸다
원점에서 너무 벗어나버린
세상의 사람들,

해가 길을 잃던가
달이 길을 잃던가
원점을 다잡고 가는
한눈 팔지 않는
저 섬의 사람들,

다도해 108

지나친 지식욕,
치우치는 행동,
삶을 위태롭게 만드는구나
유한한 삶으로
무한한 앎을 분별하며 좇는
세상의 사람들,

사물은 있는 그대로 보고
자연의 순리로 통합하며
억지로 행동하지 않는다
매우 떳떳하고 의연하여
삶을 온전히 하는구나
저 섬의 사람들,

다도해 109

몸은 한 곳에 앉아 있으나
마음은 때와 장소를 가리지 않고
이런 일, 저런 일로 치닫는다
좌치의 병이구나

앉은 채 나 자신을 잊는다
눈과 귀의 작용을 물리치고
몸을 떠나보내고 지식을 버린다
텅 빈 마음에 기로만 가득 찬다
허심의 좌망을 얻는구나
저 섬에서,

다도해 110

지식과 행위, 올바른가
판단의 기준은
자기의 스승으로부터 비롯된다

궤변가는 말한다
손가락은 손가락이 아니다
흰말은 말이 아니다
그의 스승은 굳어진 마음이다

만물의 근원을 알고
큰 순리대로 살아가는
저 섬 사람들,
하늘이 스승이고
자연이 스승이구나

다도해 111

하늘에 거꾸로 매달려
땅만 보고 사는구나
태양의 길 외면하니
때가 오는지 가는지
어찌 알겠는가
세상에서는,

사물의 생성과 소멸,
하늘의 척도로 헤아리니
삶과 죽음의 우열마저 없구나
담담하게 자적할 뿐,
어찌 울고불며 괴로워하겠는가
저 섬에서는,

다도해 112

큰 병에 걸리면,
심한 곤경에 빠지면,
누구의 탓인가
부모가 이렇게 되길 바랐겠는가
하늘과 땅이 이렇게 만들었겠는가

누구의 탓도 아니다
하늘은 만물을 공평하게 덮고
땅은 만물을 공평하게 떠받든다
자연의 운명에서 비롯된 것이다
겸허하게 최선을 다할 뿐이네
저 섬에서는,

다도해 113

그는 밤밭에서 활로 까치를 겨누었다
까치는 사마귀를 노렸다
사마귀는 매미를 잡으려 했다
밭지기가 나타나 그를 꾸짖었다
모두 자기 이익만 추구하는구나
세상에서는,

흙탕물만 바라보면
맑은 못을 잊기 쉽다
외물 때문에
자신의 내면을 어지럽히지 않구나
저 섬에서는,

다도해 114

소박함과 고요함에서 멀어지더니
사물에 얽매이고
탐욕에 빠지는구나
이제 본질로 되돌아갈 수 없어
거꾸로 서 있는
세상의 사람들,

세속적인 학문이 없고
세속적인 생각이 없어
본질에 깊이 뿌리내리는
저 섬의 사람들,
자연과 합일의 조화를 이루는구나

다도해 115

작은 갈매기들,
넓은 수면 위에서
자유자재롭구나

물을 잊고
바람을 잊고
그 자신마저 잊는구나

자연으로부터
온전함을 얻는 저 새들,
자연이 그 모습을 드러내는구나

다도해 116

종일 움직여도
손발이 저려지지 않는다
종일 보고 들어도
힘들어 하지 않는다
저 섬에서는,

해가 뜨면 일어나고
해가 지면 잠자리에 든다
더없이 천진하고
단순한 삶이구나

다도해 117

누가 저 섬을 알까
누가 저 바다를 알까
누가 저 하늘을 알까

우물 안 개구리, 바다 알 수 없고
여름 벌레, 겨울의 얼음 알 수 없고
한 가지 재능, 세상 알 수 없다

겉만 보고 짐작할 뿐
그 속의 즐거움,
어찌 알겠는가

다도해 118

겉을 중시하면
안은 옹졸해지기 마련인가
겉을 꾸미는 것은
본질을 훼손하는 일이다

말과 글,
땀흘리며 짓는 것이 아니고
그냥 자연스럽게 하고 적는 것이구나
저 섬에서는,

다도해 119

저 섬자락의 빈 배,
아무도 화를 내지 않는구나

누구를 태우고
누구를 내리고 하지 않는다
어느 누구에게도
집착하지 않는 빈 배,

재주와 명리를 버린
빈 마음,
누가 해를 입히랴

다도해 120

신이 발에 맞으면,
신을 잊고 다닌다
허리띠가 허리에 맞으면,
허리띠를 매었는지도 모른다
일이 내게 맞으면,
일을 하는 줄도 모른다
사람이 내게 맞으면,
그를 그냥 잊고 지낸다

잊는다는 것,
얼마나 자연스럽고 편한가
만물을 잊고 자적하는
저 섬들,

다도해 121

자연을 등지더니
자기의 천분을 잊는다
밖으로 내몰린 마음,
다른 것을 부러워하고
난관을 두려워하는구나
세상에서는,

모든 것, 자연에 맡기니
변화의 때를 알고
자기의 천분에 안거하는구나
저 섬에서는,

다도해 122

즐거움은 몸을 살리는가
괴로움은 몸을 죽이는가
나의 즐거움, 과연 즐거움인가
나의 괴로움, 과연 괴로움인가

세속적인 즐거움,
늘 몸을 기준으로 삼는다
부귀와 장수, 명예를 좇다가
괴로움의 그물에 걸리는구나

지극한 즐거움,
늘 자연을 기준으로 삼는다
무위로 만물과 하나가 되니
새와 물고기의 즐거움을 아는구나

다도해 123

바닷새가 날아들었다
귀하게 여겨
보금자리에 맛있는 음식을 준다
풍류의 즐거움으로
명곡을 틀고 명주를 권한다

왜 사람의 눈으로만
만물을 대하는가
각자 본성대로 살아야 한다

시원한 파도를 넘나들고
자유로이 물고기를 잡는
저 새들의 즐거움,

다도해 124

파도가 거세게 덤비지만
바위섬은 태연자약하다
싸움닭이 한 판을 넘보지만
나무닭은 무심하다

유위가 무위를 깨뜨리는가
허장성세,
어찌 온전한 덕을 넘으랴

다도해 125

하늘은 저절로 높고
바다는 저절로 푸르며
섬은 저절로 빼어나다

천지의 저절로의 참모습,
지극한 아름다움에
지극한 즐거움이네

저절로 본성을 따르는
저 섬사람들,
천지의 참모습을 깨닫는구나

제6부

다도해 126

내 몸과 목숨 자식,
나의 것인가
온갖 사물들,
내가 가질 수 있는가

저 섬에서 깨닫는다
나의 것은 아무것도 없고
모든 것들,
천지의 소유물이고 부속물이네
천지가 때 맞추어
말없이 맡겼다가
그냥 거두어 가버리는구나

다도해 127

혼자 움직여도
여러 사람을 데리고 다닌다
머릿속에 자기 생각 외
여러 사람의 생각이 들어 있다
늘 남을 의식하며
밤낮으로 복잡하게 사는
세상 사람들,

저 섬 사람들,
더 단순하고 조용하네
봄에 초목이 움트고
가을에 오곡이 익어가듯
만물의 변화에 순응하는구나

다도해 128

세상의 예법,
이런 경우 이렇게 하고
저런 경우 저렇게 해야 한다
엄격한 형식의 멍에,
실질은 흰 연기처럼 사라지고
멀쩡한 숨통을 죄는구나

형식보다 실질이 앞서는
저 섬의 사람들,
고마움과 미안함이 오가며
마음은 더욱 풍성해지네
형식으로부터 자유로우니
지극한 예로구나

다도해 129

바람과 파도,
문득 찾아와서 빛이 된다
그러면서
잘난 체하고 이름을 내지 않는다

스스로 잘 알고
스스로 귀의하는구나
저 섬에,

다도해 130

겉만 좋아하더니
그만 우리에 갇히고 마는구나
한순간에
뜻을 어지럽게 하고
덕을 해치고
마음을 꽁꽁 묶어 놓는
세상 사람들,

마음을 애써 바로잡고
자연스럽게 흐르게 하는구나
대립과 얽매임을 모르니
몸은 스스로 온전해지고
목숨은 스스로 편안해지네
저 섬에서는,

다도해 131

왜 자기를 모르는가
자신만의 생각에
자기를 보지 못하는구나
세상에서는,

늘 자기를 비춰주는
하늘과 바다,
천지의 도리를 알겠구나
저 섬에서는,

다도해 132

지모를 쓸 일이 없고
말할 기회가 없고
다투며 꾸짖을 일이 없는
저 섬사람들,

쉬지 않고 오가는
바람과 파도,
싫증을 모르는
하늘과 바다의 푸르름,
눈과 귀는 맑아지는구나

다도해 133

섬에 강한 바람이 분다
저 강한 나무들,
아우성 지르다가
이겨내지 못하고 꺾이는구나

유약함이 삶이고
견강함이 죽음이네

무위가 삶이고
유위가 죽음이네

다도해 134

일에 매이고
사람으로 둘러싸이고
능력을 뽐내고
세상을 규범화하는
세상 사람들,

삶에 무엇을 더 보탤 것인가
왕성해지면 곧 노쇠해짐을 알고
오로지 검약으로
덕을 두텁게 쌓아서
만물을 하나로 보는
저 섬사람들,

다도해 135

삶을 기른다, 헛되지 않게
타고난 것을 잘 보존하며
자연을 잘 따르고
무욕의 삶을 사는
저 섬사람들처럼,

감싸주는 상서로운 기운에
몸이 안정되고
생각이 만물의 본질을 좇는다
무슨 두려움이 또 있겠는가

다도해 136

마음이 칸막이로 막힌다
눈은 메추라기처럼 좁다
모든 것들,
좁쌀만큼 작아지고
그림자처럼 쓸모가 없다
세상에서는,

마음이 바람에 빗장을 걷어낸다
눈은 대붕처럼 넓다
모든 것들,
하늘만큼 커지고
바다처럼 쓸모가 있다
저 섬에서는,

다도해 137

인위로 꾸며지는
저 화려한 것들,
한순간뿐
헛되어 어지럽고
군더더기만 늘어나는구나
세상에서는,

무위로 이루어지는
저 순박한 것들,
오래토록
미덥고 선하여
귀하게 여기지 않을 수 없구나
저 섬에서는,

다도해 138

세상의 사람들,
끊임없이 엎치고 덮치는구나
선에 불선이 앞지르고
아름다움에 추함을 덧씌우고
행은 불행에 머리를 잡히며
올바른 말은 괴이한 말에 밀린다

저 섬사람들,
오가는 바람과 파도 가슴에 안고
마음의 눈으로 하늘을 보고
마음의 귀로 바다를 듣는다
검약으로 덕을 거듭 쌓아서
삶의 뿌리가 튼튼하구나

다도해 139

명리의 유혹 이길 수 있을까
서로 다투면
명예는 덕을 녹이고
실리는 화를 부른다
불로 불을 끄고
물로 물을 막으려는
세상 사람들,

눈앞의 것들
그대로 받아들이고
지금의 자리에서 편안히 있고
때에 좇아 흐른다
하늘에 얽매이지 않고
담담한 삶을 살아가는
저 섬사람들,

다도해 140

세상의 것들,
그대로 놓여있어야 한다
산을 깎고 숲을 자르며
자기 삶을 감추고
자연에 반란을 일삼는
세상의 사람들,

하늘 아래 바다 위
바람과 파도가
어디에 감추고 숨을 것인가
자연이 몸을 주어 기르는구나
즐거움이면 괴로움 잊고
고달픔이면 편안함 얻는다
저 섬의 사람들,

다도해 141

훤한 빛만 좇는 불나방인가
말로 글로 속이고 숨는
도무지 비밀스럽지도
신비스럽지도 않는구나
저 가공의 도시들,

저 곳에 가고 싶다
야성이 살아 있는 곳,
하늘의 비밀이 내리고
바다의 신비가 출렁거리는
전연 다른 세상이구나
저 천연의 섬들,

다도해 142

궁극은 어디며 무엇인가
땅의 모양대로 살고
하늘의 지음대로 흐르는 것인가

어떠한 막힘 걸림 없는
조화로운 자유,
내 마음이 태어나기 이전이구나
저 섬에서,

다도해 143

말은 적게, 글은 짧게,
군더더기 없어지면
진리와 진실에 가까워진다
겸손도 힘을 얻어
행하되 다툼이 적어진다

가벼우면 근본을 잃게 된다
언제 멈추고 물러날 것인가
멈추면 위태롭지 않고
안전하면 장구함을
저 바람과 파도는 아는구나

다도해 144

세상 사람들,
그림자가 형체를 따르고
메아리가 소리를 따르듯이
무리에 무리를 짓고
어지럽게 좌왕우왕하는구나

저 섬에서의 일이다
진리와 하나가 되는
홀로 있음의 경지,
만물과 소통하고
하나의 세계와 융합하는구나

다도해 145

뜻은 말과 글 너머에 있다
옛 성인의 책,
그 사람의 뜻을 어찌 알 수 있겠는가

자연의 책,
하늘의 뜻을 알 수 있겠구나
저 바람과 파도에서
절차탁마를 배운다

다도해 146

저 섬에서의 일이다

작위가 없는 마음,
파도가 쳐도
물의 고요함을 안다
천지를 그대로 볼 수 있어
만물의 근본에서 힘을 얻는다
자연과 화합되어
참된 질서를 귀히 여기고
지극한 즐거움에 몸이 살아난다

다도해 147

인위적인 변화는
그냥 보이는 차이일 뿐이다
꿈이 바로 현실이 아니듯이,

세상의 변화는
변하는 그대로 맡겨야 한다
사시의 변화에
감정도 따라 변하면
즐거움을 잃지 않는다
저 섬에서 처럼,

다도해 148

사람을 움직이는 것은 무엇인가
사대가 갖고 재주가 크면 좋은가
내면의 덕이 온전하면
눈에 보이는 외형은
자연히 참으로 잊어버린다

저 섬에서 일이다
남에게 베푸는 것도
누구를 구해주는 것도
지식의 범위가 넓은 것도 아니다
내면의 충만된 덕으로
사람을 이끌리게 하는구나

다도해 149

쉬지 않고 오가는
슬픔과 즐거움의 파도,
찾아오는 것 막을 수 없고
떠나가는 것 붙잡을 수 없네

지혜와 힘 저 너머에 있는
알 수 없는 것들,
할 수 없는 것들,
자연의 영역이구나

다도해 150

자연,
모든 존재의 집이구나
눈으로 봐도 보이지 않고
손으로 잡아도 잡히지 않고
귀로 들어도 들리지 않는 자연,

나의 마음 모두 없애버리니
보이고 잡히고 들리는
자연,
비로소 내가 자연이 되는구나

저 다도해 섬들,
옛적부터 자신을 내려놓고
하늘과 바다와 하나가 되었구나

제7부

다도해 151

지상의 존재들,
무엇이며 무슨 연유로 있는가
자연의 뜻이고
자연의 그림자이구나

한없이 크고 푸른
저 바다,
하늘의 기준으로
사물을 기르고 유지하는구나

다도해 152

세상에서의 일이다

얄팍한 지식으로
일의 편리함만 궁리한다
사람은 기계를 만들고
기계는 사람을 몰고 다닌다
본래의 정신이 어찌 남아 있겠는가
결국 제 몸조차 다스리지 못하는구나
바람에 그냥 출렁거리는
저 파도 같은 사람들,

다도해 153

정의와 사랑을 위한다는
유의의 마음,
미명에 불과하고
악의 그림자이구나
온갖 수단을 무리하게 쓴다
세상에서는,

자연의 참모습에 순응하여
마음속의 정성을 기른다
무위의 마음,
선의 빛이구나
좋은 생각으로 좋은 일을 한다
저 섬에서는,

다도해 154

부드러워 남의 말을 잘 따른다
일시적 안락을 꾀한다
등이 굽을 정도로 열심히 일한다
누구를 현자라고 하겠는가

저 섬에서 일이다
남의 이목에는 마음 두지 않는다
덧없는 안일에 만족하지 않는다
눈과 귀가 멀도록 집착하지 않는다

다도해 155

쉼 없이 오고가는
저 바람과 파도가 말해준다

변화는
지금에서 내일로,
아는 것에서 모르는 것으로,
나아감이다

아는 지금은
모르는 내일에 의지할 때만
살아있음이다

오늘 옳다는 일은
내일이면
잘못이 드러난다

나이 칠십에
나의 생각을
칠십 번 바꾸지 않을 수 없었구나

다도해 156

일을 내려놓고 바라보는
저 힘찬 바람과 파도,
자신의 한계를 잘 알고
날로 새로워지는구나

문득 온 몸에 생기가 솟고
더없이 편안해지는 마음이다
지친 몸을 잊고
숨찬 일상도 잊는다
무한한 삶의 순간들이구나

다도해 157

사람의 정,
오욕칠정에 얽매이고
작은 것이구나
인위적인 익생에
마음이 지치고
몸이 상한다
세상에서는,

하늘의 정,
하늘과 합치되고
큰 것이구나
무위적인 삶에
마음이 순수하고
하늘이 준 본분대로 편안하다
저 섬에서는,

다도해 158

쓸모없는 나무 오래 산다
목수가 거들떠보지 않는다
재주 없는 사람 오래 산다
힘센 자가 거들떠보지 않는다

목수도 힘센 자도 없는
저 섬에서는
무슨 재난을 당하겠는가
사람도 나무도 천수를 다하는구나

다도해 159

사랑은
상대의 본성에 부합돼야 한다
일방적인 사랑
자기 기준의 사랑
결국 무의미할 뿐이다

바람과 파도의 본성을 알면
배는 뒤집히지 않는다
한순간 본성을 잊으면
화를 입고 상처를 받는구나

다도해 160

남해 금산에 올라
온다던 그대를 만난다
바람과 파도에 곱게 씻긴
의젓한 그대,

잠든 섬들 깨워 별을 보게 하고
힘든 일들 하늘의 본분으로 알고
유유자적했던 그 많은 세월
눈부신 햇살만큼 환하구나
고맙네 미안하네 사랑하네

다도해 161

하나의 재주로
어찌 큰일을 하겠는가
작은 주머니에
큰 것을 넣을 수 없다
짧은 두레박줄로
깊은 물을 길을 수 없다

큰 바다에 닿지 않으면
천지의 변화를 모른다
사람의 변화는 더욱 모른다
섬에서 바라본 저 큰 바다,
끝없는 수평선 너머에 있구나

다도해 162

천지가 얼마나 드넓은가
만물은 얼마나 다양한가
천지와 만물을 잊을 수 있겠는가

마음이 오로지 모이면
솜씨는 귀신같이 신통하고
언행은 성인같이 형통한다

지금 나의 마음은
어느 정도의 집중력인가
꼼짝하지 않을 수 있겠는가
끝없이 바람과 파도에 맞서는
저 섬들처럼,

다도해 163

능란한 솜씨,
어디서 나오는가
재계하여 대상을 잊고
대상의 본성과 하나가 돼야 한다
대상의 본성에 따르면
자연이 그 내면의 모습을 드러낸다
결국 천명에 자연스럽게 순응하는구나

불후의 명작,
인위로만 이루어지지 않는다
나의 본성과 자연의 본성의 합작품이다
저 끊임없는 바람과 파도가 말해준다

다도해 164

누가 헤엄을 잘 치는가
물에 잘 익숙하여
물의 본성과 하나가 된다
헤엄친다는 사실 자체를 잊는다
물을 잊고 물의 본성에 따라 나아간다
천명에 따라 헤엄치는구나

저 큰 바다를 넘나드는
섬사람들,
물을 잊고 물의 본성과 하나 되었네
천명에 따라 살아가는 사람들,

다도해 165

군자의 교제,
하늘을 두고 맺어진다
거창한 학문이 필요치 않다
어떤 외물에도 의존하지 않는다
물같이 담백하다
위난에 빠지면 서로 힘을 합친다
저 섬사람들이 그렇다

소인의 교제,
이익을 두고 맺어진다
지모와 지략이 동원된다
득이 되는 외물에 의존한다
단술같이 달콤하다
위급한 일을 만나면 서로 버린다
저 세상사람들이 그렇다

다도해 166

자연적 재난,
그런대로 편히 지나간다
인위적 재난,
늘 두려움의 대상이 된다

사람과 자연,
본래는 하나였는데
하늘을 등진 탓에
재난이 꼬리를 문다

저 섬에서 일이다
편익을 앞세우지 않고
올바른 이치를 지키며
자연과 하나 되어 호응한다
마음에 아무런 불편이 없구나

다도해 167

나의 앎은 어느 정도인가
지금 내가 하는 일이 올바른가
나의 스승에게 비춰봐야 한다

나의 스승은 누구인가
하늘인가
자연인가
자연과 하나가 된 그 사람인가

하늘의 지붕 아래
바다의 품속에서 살아가는
저 섬사람들,
삶의 지혜가 은빛으로 눈부시다

다도해 168

무엇이 나를 존재케 하는가
높은 벼슬인가
남다른 재주인가
넉넉한 재산인가
다복한 가족인가
다정한 친구인가

망망 대해의
저 작은 섬처럼,
나를 잃지 않게 하는 것은
나 자신에 내재하는
무위의 자연이구나

다도해 169

이런 사람은 없을까
자기주장을 고집하지 않고
자그마한 차이들을 합쳐서
큰 하나를 만드는,

태산은
한 줌의 흙도 사양치 않는다
하해는
한 줄기 물도 가리지 않는다
저 섬들,
어떤 바람도 파도도 가리지 않네

다도해 170

사물에 대소 귀천이 있는가
시간의 흐름에 따라
사물의 운명도 바뀐다
일정함이 없이
처음과 끝이 되풀이된다

작은 입장에서는
큰 것을 다 볼 수 없다
큰 입장에서는
작은 것을 분명하게 볼 수 없다
어찌 한 곳에만 집착하겠는가

저 섬들,
작지도 않고
크지도 않구나

다도해 171

어떤 것이 감동을 주는가
참된 슬픔은 소리내지 않는다
참된 분노는 겉으로 드러나지 않는다
참된 친절은 웃지 않는다
모두가 참된 본성에서 비롯된
지극한 정성이구나

저 섬에서 일이다
무엇이든지 억지로 하지 않는다
하늘에서 받은 참된 본성을 존중한다
어찌 천박한 마음이 생기겠는가

다도해 172

작은 앎으로
심원한 진리의 세계 어찌 아랴
사람은 만물의 으뜸인가
가느다란 터럭이
말의 몸에 붙어 있는 것이다
참으로 보잘 것 없는 처지 아닌가
자신이 받은 교육에 얽매여
만물을 두루 알 수가 없다

저 섬사람들,
하늘이 높고 바다의 깊음을
본성으로 느껴 안다
앎에 얽매임이 없으니
만물을 두루 살핀다

다도해 173

외물과 다투면
몸이 금방 시들어버린다
어찌 슬픈 일이 아닌가
수명을 늘리려는 익생,
이 또한 가엾지 않은가

저 섬에서 일이다
어디에도 얽매이지 않으니
천지가 나와 함께 살아 있고
만물은 나와 함께 하나가 된다
더없이 자유롭고 편한 삶,
천수를 누리는구나

다도해 174

비바람과 추위가 없는
침식의 걱정이 없는
우리 안의 삶에서
어찌 진정한 즐거움을 얻으랴

참된 삶은
자연의 자유스러움 속에 있다
진정한 즐거움은
참된 삶에서 얻을 수 있다
저 섬에서처럼,

다도해 175

덕을 바탕으로 사귀어야지
마음이 불구자인 줄도 모르고
겉모습만 보고 사귄다

천성이 손상되면
사물과 조화하는 힘을 잃고
덕은 완전할 수 없다

저 푸른 바다처럼
마음에 먼지가 끼지 않으면
덕은 조화된 경지에서 노닌다
진실로 자유로운 자,
그는 누구인가

무애와 긍정의 마음으로 가닿은 궁극적 자유의 차원

유성호 (문학평론가, 한양대학교 국문과 교수)

무애와 긍정의 마음으로 가닿은
궁극적 자유의 차원
— 이수오의 다도해 탐색기記

유성호(문학평론가, 한양대학교 국문과 교수)

1. 삶의 근원적 원리가 깃들인
유기적 생명체로서의 자연

자은自隱 이수오李壽晤 시인의 여섯 번째 시집 『다도해』는 광활한 자연에서 인간 존재의 뿌리를 들여다보는 서정과 인식의 결속체이자, 시인 자신이 축적해온 오랜 사유의 미학적 결정結晶으로 훤칠하게 다가온다. 특별히 시인은 '다도해'라는 물리적 대상을 존재론적 상징으로 끌어올리면서, 자연이 거느

린 근원적 속성을 우리 삶의 원리로 치환해내는 역동적 사유를 행간마다 배열하고 있다. 그 점에서 이번 시집은 자연과 인간의 소통과 친화의 결실이며, 시인의 성숙한 시선이 일대 풍경첩을 이루어낸 결실이라고 규정할 수 있을 것이다. 그 사유와 감각의 층이 퍽 두텁고 시선과 음역音域이 융융하기 그지없다.

두루 알려져 있듯이 고대 서양에서는 자연에 신성이 깃들여 있다고 보았다. 이들은 자연의 신비와 그에 대한 외경을 스스럼없이 표현했으며, 인간은 신神의 피조물이므로 자연에 어떤 작용을 가하는 것을 은연중 삼가왔다. 물론 근대 이후의 서양에서는 과학기술에 의해 변용되는 대상으로 자연을 이해하게 되었고 그 결과 자연과 인간이 대립한다는 관점을 견지하게 되면서 이원론적 형이상학과 인간 중심적 세계관을 함유하게 되었다. 하지만 동양에서는 자연과 인간이 조화롭게 공존한다는 일원론적 관점을 견지하면서 자연에 '도道'라는 원리를 줄곧 입혀왔다. 이때 자연은 생명이 돌아가 안착하는 본향으로서 인간에게는 창조 행위의 에너지원源이 되어주었다. 그래서 동양적 자연관은 포용과 상생의 마음을 통해 우리 시대의 강력한 윤리학으로 대두하였고, 우리는 이를 통해 자연과 인간의 호혜

적이고 상보적인 동력을 궁구해가는 역량을 구유具有하게 되었다고 할 수 있다.

이수오 시인은 시집 『다도해』를 통해 이처럼 자연과 인간이 온몸으로 어울리는 호혜적 순간을 담아내고 있다. 자연을 삶의 가장 근원적인 원리가 깃들인 유기적 생명체로 받아들이면서, 그동안 자연을 인간의 욕망 실현을 위한 자원資源으로 생각해온 역사에 대한 반성적 시선을 보여준다. '스스로[自] 그러함[然]'을 자연에 되돌려주려는 마음을 통해 넉넉하고 높은 시인의 품과 격을 암시하고 있는 것이다. 이처럼 이타적 시원始原으로서의 자연을 탈환해내는 독자적 상상력을 통해 이수오 시인은 자연과 인간의 공존 원리를 탐색하고 있다. 이제 그 무애와 긍정의 마음으로 가닿은 궁극적 자유의 차원 안으로 천천히 들어가 보도록 하자.

2. "나만의 존재"를 찾고자 하는 존재론적 노력

이수오 시인의 '다도해' 연작은 그 자체로 175개의 낱낱 '섬'을 이루면서 고유하고도 장엄한 '시의 다도해'를 연출해낸다. 그 장관 안에는 바다와 섬을 순례하면서 "나만의 존재"(「다도해 6」)를 찾고자

하는 시인의 존재론적 노력이 투명하게 번져온다. 여기서 '다도해'는 동쪽 경남 거제에서 서쪽 전남 홍도에 이르는 청정 해역을 뜻하는데, 특별히 시인은 그러한 자연에 펼쳐져 있는 신성한 존재론적 시간에 깊은 관심을 보여준다. 이때 시간은 모두에게 균등하게 주어진 물리적 실체가 아니라 자연과 인간의 역사에서 지속되어온 흐름으로 경험되는 주관적 실체로서 다가온다. 시인은 "하늘의 길이 조화로움을 알고/모든 것을 자연적 흐름에 맡기는"(「다도해 104」) 시간 경험을 통해 주체가 처한 실존적 상황에 관해 끊임없는 현재화 과정을 치러낸다. 시인에게 그러한 과정은 몸속에 수없이 새겨진 시간의 흔적을 다시 확인해가는 어떤 파문과도 같은 것이다. 과거를 과장하는 미화美化의 원리나 미래를 밝게만 보는 전망의 원리가 아니라 "하늘에서 받은 참된 본성을 존중"(「다도해 171」)하면서 자신의 현존을 찾아가는 원리로서 그러한 과정이 작동하는 것이다. 그만큼 이수오 시인은 자신이 처한 현재형에 구체적인 미적 육체를 입히는 과정으로서의 시쓰기를 지속해가고 있다.

입춘이면 온다던
그 바람,

팔영산 깃대봉에서 기다린다
숨죽인 저 섬들,
한순간에 꿈틀거린다

예나 지금이나
바닷물은 간이 잡혔는데
너와 나,
왜 싱겁기만 하는가
그 바람 맞고
얼굴 들어 보자꾸나
저 하늘이 어떤지
　　　　　　　　　　—「다도해 1」 전문

　이수오 시인은 지난 입춘에 전남 고흥 팔영산에
혼자 올랐다고 한다. 작년에 사별한 아내와 오래
전에 올랐던 곳인데, 거기서 바라본 '다도해 섬'이
불현듯 시가 되어 쏟아지는 순간을 경험했다고 한
다. 그 결실이 말하자면 이번 시집인 셈이다. 시인
의 마음에 자연은 "무위로 이루어지는/저 순박한
것들"(「다도해 137」)로 다가와 "야성이 살아 있는
곳"(「다도해 141」)으로서의 위의威儀를 드러낸다.
그때의 감동을 보여주는 서시序詩 격의 작품에서
시인은 자신이 바라본 "숨죽인 저 섬들"이 꿈틀거
리는 순간을 느끼고 있다. 그때 마음속으로 떠오른
것은 '바다'로 상징되는 자연과 '너와 나'로 상징되

는 인간을 순연하게 대조하는 표상들이다. 그렇게 시인은 얼굴을 들어 하늘을 바라보면서 자연의 항구성과 인간의 가변성을 떠올린다. 이러한 사유 방식은 "굽히면 온전해지고/휘어지면 곧아지고/적어지면 얻게 되는"(「다도해 12」) 속성과 "높아지면 누르고/낮아지면 올리며/남으면 덜어내고/모자라면 보태는"(「다도해 13」) 원리를 그대로 옮겨놓은 것일 터이다. 이때 우리는 "본성대로/스스로 존재하는/저 섬들"(「다도해 79」)을 바라보는 시인의 시선을 강렬하게 느끼면서, 자연이야말로 "무심, 허심의 눈에 보이는"(「다도해 91」) 신성한 것임을 다시 한 번 깨닫게 된다. 다음은 어떠한가.

하늘 보는 것,
누가 쉽다고 할까

바다 보는 것,
누가 쉽다고 할까

저 작은 섬에
그냥 가볼 일이다

하늘이 무엇인지,
바다가 무엇인지,

—「다도해 11」 전문

많이 가지려 하는가
그러면 허물을 남기리라
더욱 많이 가지려 하는가
그러면 넉넉해지지 않으리라

애써 아끼는가
그러면 위태롭지 않으리라
더욱 아끼는가
그러면 만족하리라

저 작은 섬에서 일이다
아껴서 만족하니
몸의 소중함을 알게 되는구나
—「다도해 29」 전문

시인은 '하늘'과 '바다'를 바라보면서 "저 작은 섬에/그냥 가볼 일"을 통해서만 자연의 본성에 가닿을 수 있다고 노래한다. 그때 비로소 "하늘이 무엇인지,/바다가 무엇인지"를 어렴풋이 알게 된다고 말이다. 이는 "허정하니/모든 것이 담겨지고/모든 것이 담겨지지 않는"(「다도해 27」) 자연이 "무애의 존재"(「다도해 28」)로서 다가오는 순간을 강조한 것일 터이다. 마찬가지로 이수오 시인은 많이 가지

려 하면 허물을 남기거나 넉넉해지지 않고 애써 아
끼면 위태롭지 않고 만족하리라는 역리逆理를 통해
"몸의 소중함"을 알게 되는 과정을 노래해간다.
"무욕은/고요함에 이르게"(「다도해 64」) 하고 그럼
으로써 "인위가 줄고 줄어 무위에 이르는"(「다도해
67」) 필연적 원리를 강조하는 것이다. 이처럼 하나
의 사물이나 진리를 표상하는 대립 항목을 하나로
통합해내는 양식을 '역설逆說, paradox'이라고 하는
데, 이는 동서양을 막론하고 높은 정신들이 도달한
삶의 해명 원리이자 실재實在의 형식에 대한 표현
이기도 할 것이다. 그것은 한 편의 시 안에서 역설
적 상황으로 나타나는 경우도 있지만, 언어적 표현
자체가 역설을 띨 경우가 훨씬 더 많다.

　이수오 시인은 철저하게 자신의 언어를 역설에
의지하면서 삶의 복합적 아이러니를 지향해간다.
우리는 시인의 역설적 사유와 표현을 통해 남루한
일상에서 빠져나와 미학적 차원으로 새롭게 등극
하는 경이로운 과정에 참여해간다. 그것은 현실 집
착이나 사물 탐닉을 동시에 지양止揚하면서 더 깊
은 곳을 경험하고 다시 돌아오는 재귀再歸의 과정
으로 이어져 가는데, 그러한 역설적 긍정을 통해
이수오 시인은 심원한 삶을 감싸는 깊고 은밀한 서
정을 우리에게 남김없이 보여주고, "한껏 강해지더

니/한없이 부드러워지는"(「다도해 22」) 자연의 모습을 통해 "탐하고 또 탐하면 자신을 잃어버린다는 것"(「다도해 24」)을 전해준다. 그러한 역설이야말로 시인이 누려온 '삶-시'의 방법론이었던 셈이다. 우리는 그 안에 흐르는 "분별을 멀리하는"(「다도해 68」) 무애와 긍정의 마음을 통해 궁극적 자유의 차원을 바라보게 되고, 나아가 "나만의 존재"를 찾고자 하는 이수오 시인의 존재론적 노력을 흔연히 만나게 되는 것이다.

3. '말'의 역설과 '너머'에 대한 의지

다음으로 우리가 만나게 되는 것은 '말(언어)'의 역설이다. '말'의 역설 또한 이항대립의 구조를 필요조건으로 하는 개념이다. 다만 하나가 다른 하나를 배제해버리는 것이 아니라 하나와 다른 하나가 결국 한 몸으로 귀납해가는 통합성을 근간으로 할 뿐이다. 모든 것이 소멸해감에도 불구하고 그에 대한 섬세한 감각과 사유를 통해 이수오 시인은 그러한 소멸 과정이 사실은 새로운 생성을 준비하는 절차라는 것을 실증해 보여준다. 그러니 "볼 수도 없는 만질 수도 없는 그래서 말할 수도 없는"(「다도해

8) 자연의 사라져가는 시간 안쪽에 이미 생성의 기운이 충실하게 잉태되어 있다는 것을 통해 시인은 오랜 시간 속에 그러한 통합된 기운이 흐르고 있다는 역리를 발견해가는 것이다. 이수오 시인의 "말은 적게, 글은 짧게"(「다도해 143」) 사유해가는 역설적 지혜에 가닿아 보도록 하자.

아끼는 말,
얼마나 뿌리 깊은가
하늘의 말이 그렇고
아는 자의 말이 그렇다

믿음직한 말,
어찌 아름다우랴
아름다운 말,
어찌 믿음직하랴

검약하고 검약한 저 섬들,
말하지 않으니 궁함이 없구나
　　　　　　　　　　　　　—「다도해 35」 전문

세상의 사람들,
끊임없이 엎치고 덮치는구나
선에 불선이 앞지르고
아름다움에 추함을 덧씌우고
행은 불행에 머리를 잡히며

올바른 말은 괴이한 말에 밀린다

저 섬사람들,
오가는 바람과 파도 가슴에 안고
마음의 눈으로 하늘을 보고
마음의 귀로 바다를 듣는다
검약으로 덕을 거듭 쌓아서
삶의 뿌리가 튼튼하구나

　　　　　　　　　　—「다도해 138」 전문

뜻은 말과 글 너머에 있다
옛 성인의 책,
그 사람의 뜻을 어찌 알 수 있겠는가

자연의 책,
하늘의 뜻을 알 수 있겠구나
저 바람과 파도에서
절차탁마를 배운다

　　　　　　　　　　—「다도해 145」 전문

　이수오 시인은 먼저 "아끼는 말"의 소중함을 고
백한다. 어쩌면 "하늘의 말"이나 "아는 자의 말" 또
한 그렇게 스스로 아껴야 이를 수 있는 어떤 경지
일 것이다. 그 순간 뿌리 깊은 "믿음직한 말"의 아
름다움과 "말하지 않으니 궁함이" 없는 섬들의 존
재론이 시인에게는 더없는 '침묵의 소리sound of

206

silence'로 다가오고 있다. 이러한 '말'의 역설은 "섬들은 말하지 않는"(「다도해 33」)다는 관찰을 통해 "재주와 명리를 버린/빈 마음"(「다도해 119」)을 발견하고 나아가 자연이 가지는 "저절로의 참모습"(「다도해 125」)이야말로 "형식보다 실질이 앞서는"(「다도해 128」) 과정으로만 현현한다는 시인의 믿음이 형상화된 결과일 것이다. 그런가 하면 이수오 시인은 세상 사람들이 끊임없이 다투고 갈라서고 선과 불선의 역전, 아름다움과 추함의 혼재, 행과 불행의 전도顚倒를 통해 "올바른 말"이 "괴이한 말"에 밀리는 현상을 비판적으로 사유한다. 이러한 현상은 "본성을 해치는 유위의 일"(「다도해 78」)이고, "겉을 꾸미는 것은/본질을 훼손하는 일"(「다도해 118」)이기 때문이다. 나아가 시인은 "마음의 눈으로 하늘을 보고/마음의 귀로 바다를 듣는" 섬사람들의 지혜를 수긍하면서 "검약으로 덕을 거듭 쌓아서/삶의 뿌리가" 튼튼해지는 차원을 소망한다. 그렇게 시인은 "무위의 일과 불언의 가르침"(「다도해 55」)을 듣고 있는 것이다. 그런가 하면 시인은 "뜻은 말과 글 너머에" 있음을 새삼 강조하면서 "옛 성인의 책"의 '너머beyond'에 있는 "자연의 책"을 우리에게 제시해준다. 하늘의 뜻을 알 수 있게 해주는 그 책이야말로 "바람과 파도에서/절차탁마"를 배워가는 과정을 인간에게 제시해주는 지남指南일 것이다. 그 안에는 "문자불립"(「다도해 19」)으로 다져진 "존재의 집"(「다도해 150」)이 단정하게 세워져 있을 것이다. 그리고 우리는 그 순간을 통해 "지혜와 힘 저 너머에 있는/알 수 없는 것들,/할 수 없는 것들"(「다도해 149」)에 상도想到하게 되는 것이다.

스스로 보이지 않아도
밝게 드러나는구나
스스로 주장하지 않아도
모두가 긍정하는구나
스스로 자랑하지 않아도
환하게 빛나는구나

다툼을 모르는
저 섬들,
세상을 어지럽히지 않는구나
　　　　　　　　　　　—「다도해 42」 전문

저 이름 없는 섬들,
무슨 다툼이 있겠는가
무슨 욕망이 있겠는가

이름이 있게 되면
서로 차별하고
서로 다투는구나

끝내 본성을 잃는구나

이름이 있으면
족함을 알고
다툼을 그쳐야 한다
본성으로 되돌아가려면,

　　　　　　　　　　—「다도해 60」전문

　스스로 보이지 않아도 밝게 드러나는 존재 너머
에는 주장하지 않아도 모두가 긍정하는 마음과 자
랑하지 않아도 환하게 빛나는 세계가 있다. 이수오
시인은 "저 너머로 당기는"(「다도해 2」) 마음을 품
은 채 "다툼을 모르는/저 섬들"과 동행하고 있다.
가령 "저 이름 없는 섬들"은 다툼과 욕망을 잊은 채
살아가고 있는데, 그들도 이름을 가지게 되면 차별
과 다툼을 통해 결국 본성을 잃게 되니 족함을 알
고 본성으로 되돌아가야 한다고 강조하고 있는 것
이다. 그것은 "겸손이 모든 것을 포괄"(「다도해
31」)하고 "소유가 헛됨"(「다도해 40」)에 이른다는
철리哲理를 잊지 말고 "만물의 근원을 알고/큰 순
리대로 살아가는"(「다도해 110」) 자세를 강조하는
것으로 이어져간다. 한결같이 "자연으로부터/온전
함을 얻는 저 새들"(「다도해 115」)처럼 "진리와 하
나가 되는/홀로 있음의 경지"(「다도해 144」)를 추구

해가는 것이다.

이처럼 시인은 '말'의 역설과 '너머'에 대한 의지를 통해 시인으로서의 자의식을 적극 보여준다. 시인은 '이야기하려는 것'과 '이야기할 수 있는 것' 사이의 간극을 감수할 수밖에 없는 한계를 가진 '시'를 통해 언어적 자의식으로 충만한 자연을 닮아가자고 권면한다. 이처럼 한계가 있는 '말'을 통해 진리에 도달하려는 불가능하고도 불가피한 소임을 맡은 존재로서의 자신을 긍정하고 있는 것이다. 다시 말해 언어의 도구적 기능을 넘어 언어 자체에 대한 탐색에 공을 들이면서 이수오 시인은 의미심장한 자의식으로 그것 '너머'의 세계를 꿈꾼다. 무애와 긍정의 마음으로 가닿은 궁극적 자유의 차원이 '말'의 역설을 통한 '너머beyond' 안에서 출렁이고 있는 것이다. "높은 것과 낮은 것을/함축하는"(『다도해 58』) 아름다운 '말'을 통해 "이것저것 저울질하지 않는"(『다도해 63』) 세계로 이월해가면서 시인은 이렇게 "본래의 귀로 하늘의 소리 듣는"(『다도해 90』) 차원을 얻어간다. 그리고 시를 읽는 이들로 하여금 "무위적인 삶에/마음이 순수하고/하늘이 준 본분대로 편안"(『다도해 157』)해지는 순간을 경험하게끔 하고 있는 것이다.

4. 지극한 사랑과 말할 수 없는 그리움의 언어

이수오 시인은 시집 『다도해』에서 일차적으로 자신의 삶을 오랜 기억의 반추 속에서 성찰하고 있고, 더 나아가서는 문득 찾아온 이별과 떠나감의 순간을 마음속에 재생하면서 그러한 아픔을 치유해가고 있다. 그런데 시인은 현실적 행동을 통해 그것들을 극복하기보다는, 자연의 이치에 몸을 의탁함으로써 그것을 수락하고 받아들이는 과정을 섬세하고 아름답게 보여준다. 이때 자연은 "어떠한 막힘 걸림 없는/조화로운 자유"(「다도해 142」)를 보여주고 "스스로 보고/스스로 듣고/스스로 만족하고/스스로 말미암아/스스로 존재"(「다도해 87」)하는 모습을 약여하게 드러낸다. 물론 시인은 이러한 자연 현상조차 원천적으로 소멸해가겠지만, 그럼에도 불구하고 삶의 신비로운 차원에 대한 사랑과 그리움의 마음을 은은하게 발화하는 것이다. 말하자면 이별과 떠나감을 경험한 시인의 육신을 관류하는 사랑과 그리움의 언어가 이번 시집의 외관이자 내질內質이 되는 셈이다. 특별히 사람과 사람의 일이 그러하여, 사랑하는 대상에 대하여 느끼게 되는 충만함과 결핍의 마음은 실상 하나의 순간 안에 공존하는 것이 아니겠는가. 이처럼 이수오 시인은 개인사의 아픔과 삶의 근원에 대한 추구를 동시에 통합하면서 '다도해'가 뿌리는 빛은 온몸으로 받아들이고 있다. "모든 것은 내면의 충실함에서"(「다도해 46」) 발원하여 "맑고 깊고 고요한/삶의 뿌리"(「다도해 52」)로 돌아갈 것이기 때문이다. 커다란 상실감을 넘어서는 아득한 그리움을 통해 시인은 소멸의 자연스러움과 아름다움을 받아들이는 넉넉한 지혜를 배워가는 것이다. 이 모든 것이 우리가 그저 단독자로 살아가는 것이 아님을 알려주는 실감의 사례들일 터이다.

소박함과 고요함에서 멀어지더니
사물에 얽매이고
탐욕에 빠지는구나
이제 본질로 되돌아갈 수 없어
거꾸로 서 있는
세상의 사람들,

세속적인 학문이 없고
세속적인 생각이 없어
본질에 깊이 뿌리내리는
저 섬의 사람들,
자연과 합일의 조화를 이루는구나
—「다도해 114」 전문

나의 앎은 어느 정도인가
지금 내가 하는 일이 올바른가
나의 스승에게 비춰봐야 한다

나의 스승은 누구인가
하늘인가
자연인가
자연과 하나가 된 그 사람인가

하늘의 지붕 아래
바다의 품속에서 살아가는

저 섬사람들,
삶의 지혜가 은빛으로 눈부시다
—「다도해 167」 전문

　이수오 시인은 소박함과 고요함에서 멀어지면 바로 사물에 얽매이고 탐욕에 빠질 수밖에 없는 과정을 설파하면서 그때에는 본질로 되돌아갈 수 없다는 점을 강조한다. 그렇게 거꾸로 선 사람들과 정반대편에 시인은 세속 학문이나 생각이 없어 "본질에 깊이 뿌리내리는/저 섬의 사람들"을 배치해 간다. 그들이야말로 "자연과 합일의 조화를 이루는" 생애를 보여주기 때문이다. 아닌 게 아니라 그들의 생애는 "파이면 채워지고/낡아지면 새로워지고/적어지면 얻게 되는"(「다도해 15」) 과정과 "자연의 힘으로/마음의 균형이 잡히니/어느 한쪽에 치우치지 않는"(「다도해 94」) 과정을 낱낱이 보여주고 있지 않은가. 그런가 하면 시인은 자신의 앎과 일을 스승에게 비추어본다. 이때 시인이 떠올리는 "나의 스승"은 하늘이자 자연이자 "자연과 하나가 된 그 사람"이기도 하다. 그러니 "하늘의 지붕 아래/바다의 품속에서 살아가는//저 섬사람들"의 눈부신 지혜가 은빛으로 빛나는 순간이 바로 시인에게 "생성의 시원"(「다도해 71」)이 되어주는 것이 아니겠는가. 시인은 그러한 스승을 통해 "순조롭게 뻗어나가는/자연의 균형"(「다도해 77」)과 "있는 그대로 보고/자연의 순리로 통합"(「다도해 108」)하는 시선을 배워가는 것이다. 이래저래 이수오 시인은 "내면에 궁함"(「다도해 85」)이 없는 상태에서 자연을 거니는 철학적 사제司祭인 셈이다. "끊임없이/잉태되는 저 생명들"(「다도해 20」)을 통해 자연의 "무한한 변전"(「다도해 76」)과 "나누지 않고 둥글게 하나로 뭉뚱그린"(「다도해 106」) 원리를 체득해가는 것이다.

덕을 바탕으로 사귀어야지
마음이 불구자인 줄도 모르고

겉모습만 보고 사귄다

천성이 손상되면
사물과 조화하는 힘을 잃고
덕은 완전할 수 없다

저 푸른 바다처럼
마음에 먼지가 끼지 않으면
덕은 조화된 경지에서 노닌다
진실로 자유로운 자,
그는 누구인가

─「다도해 175」 전문

 이번 시집의 '종시終詩' 같은 작품이다. 시인은 사람을 사귈 때 겉모습이 아니라 덕을 바탕으로 해야 한다고 말한다. "천성이 손상되면/사물과 조화하는 힘을" 잃게 되고 궁극에는 덕이 완전해질 수 없기 때문이다. 그러니 자연스럽게 푸른 바다처럼 마음에 먼지가 끼지 않아야 "덕은 조화된 경지"를 이루게 된다. 시인이 이루려는 그 '덕德'이야말로 진실로 자유로운 마음에서 오는 것일 터이다. 시인은 "진실로 자유로운 자,/그는 누구인가"라고 물음으로써 "실재가/아득한 오늘"(「다도해 9」)에 "하늘의 척도"(「다도해 111」)를 가진 존재를 갈망하고 있다. "참된 질서를 귀히 여기고/지극한 즐거움에 몸이

살아난"(「다도해 146」) 순간이 바로 "무위의 마음,/
선의 빛"(「다도해 153」)을 가져다주는 "더없이 자유
롭고 편한 삶"(「다도해 173」)일 것이기 때문이다.
그렇게 "완전한 것은 모자라고/찬 것은 비고/곧은
것은 굽고/좋은 솜씨는 서툴"(「다도해 16」)다고 할
지라도 "있음은 없음의 작용"(「다도해 17」)임을 믿
으면서 "자연을 따르는 저 섬들"(「다도해 37」)이 뿌
려주는 "맑고 깊고 고요하여/오래 사는"(「다도해
53」) 기운을 온 마음으로 받아들이는 것이다.

　그렇게 이수오 시인은 "부드러움에/강함, 끝내
무릎을 꿇는"(「다도해 10」) 자연의 속성을 낱낱이
품음으로써 "먼 듯 가깝고/가까운 듯 먼"(「다도해
14」) 자신의 존재론적 지향을 추구해간다. 그리고
그러한 조건을 넘어 자신의 기억으로 하여금 삶의
형상적 기념비monument가 되게끔 배려해가고 있
다. 그래서 그는 자신의 존재론에 대한 그리움을
통해 시집을 환한 빛으로 채워가고 있는 것이다.
이때 그리움이란 대상을 향한 욕망이 시간의 풍화
끝에 남은 정서적 지향을 말하는 것이다. 이는 시
인으로 하여금 "순수함과 부드러움"(「다도해 21」)의
힘으로 자신의 존재론적 기원origin을 향하게끔 해
준다. 그래서 존재론적 기원을 향한 그리움은 그러
한 부재 상황을 극복하는 것이 아니라, 그러한 상

황을 실존적으로 승인하고 거기서 발생하는 깨끗한 슬픔을 받아들이려는 시적 지향을 함유하게 된다. 그때 인간의 이성으로 파악해보는 "구별은 인위이고 현상일 뿐"(「다도해 73」)이지 않겠는가. 그렇게 "쓸모없는 것의 쓸모를 아는"(「다도해 92」) 지혜를 통해 "세상을 통합된 하나로 보고"(「다도해 101」) 그것을 안으면서 "상서로운 기운에/몸이 안정되고/생각이 만물의 본질을 좇는"(「다도해 135」) 무애와 긍정의 마음을 시인은 노래한다.

사실 이수오 시인에게 '자연'과 '인간'은 한시도 뇌리를 떠나지 않은 두 축의 명제였다고 한다. '자연'은 노장老莊으로 '인간'은 유가儒家로 풀어가면서 시인은 자연과 인간이라는 두 다리로 완강하게 세상을 지탱해왔다. 이번 '다도해' 연작은 자연에서 인간을 되돌아보는 입장을 취하였고 그 점에서 이번 시집은 "나의 본성과 자연의 본성의 합작품"(「다도해 163」)인 셈이다. 섬들을 가슴에 품고 끊임없이 인간 실존을 들여다보는 시인의 시선이 맑고 그윽하기만 하다. '다도해 시'의 속편으로 기획될 '산행 시' 또한 퍽 기다려지는데, 우리는 그 안에도 산에서 발화하는 지극한 사랑과 말할 수 없는 그리움의 언어가 그득할 것이라고 믿게 된다.

5. 참다운 '진광불휘眞光不輝'의 모습으로

우리가 천천히 읽어온 것처럼, 이수오의 이번 시집은 단형 서정 안에 지극한 마음을 담았다. 시를 쓰는 사람의 입장에서 보면 서정의 구심적 본령을 회복하고 그것을 형식적으로 보편화하려는 의지는 항구적으로 샘솟게 마련인데, 이러한 의지는 자연스럽게 압축과 여백의 미美를 주축으로 하는 단시短詩 형식으로 귀결할 가능성이 커지게 된다. 물론 서사시나 극시 전통이 거의 없는 우리 시의 역사에 비추어볼 때, 이러한 단형 작법은 현대시의 주류로 어렵지 않게 착근할 수 있었을 것이다. 김소월, 정지용, 김영랑, 박목월, 조지훈을 거쳐 박용래, 박재삼 등으로 이어지는 서정 계열의 시인은 한결같이 압축과 긴장의 미학을 택해오지 않았던가. 이러한 형식은 독자들로 하여금 기억의 편의를 누리게끔 했고 숱한 앤솔러지에도 채택되어 유력한 문화적 향수 대상이 되기도 하였다.

아닌 게 아니라 이수오의 시는 이러한 단형 전통에서 발원하여 더욱 그것을 집중화하고 첨예화한 결과이다. 그러한 형식적 의지 안에 시인은 자연이 가져다주는 신비롭고 아름다운 진리의 심층을 담아냈다고 할 수 있다. 심미적 관조나 순간적 정서로 그것을 잡아내면서 짧은 형식을 통해 그 순간을 채록한 것이다. 이러한 이수오 시인의 역설적 노력은 압축과 긴장의 미학에 대한 집착을 견고하게 유지함으로써 자연에 대한 경외의 마음을 순간의 미학으로 펼칠 수 있었을 것이다. 그렇게 시인은 아름답고 신성한 '섬'들의 형상을 거느리면서 '다도해'의 미학을 우리에게 잔잔하게 전해주었다. 그의 '다도해 탐색기'는 이처럼 "절대 자유에 이른"(「다도해 100」) 과정을 투명하게 보여주면서 "빛나지만 번쩍거리지 않는"(「다도해 41」) 참다운 '진광불휘眞光不輝'의 모습으로 남을 것이다. 그리고 시인 자신의 아호雅號처럼, 재능이나 지위를 감추고 드러내지 아니하며 은은하게 전해져오는 노래로 우리의 기억 속에 깊이 출렁일 것이다. □

시와함께 (Al ong with Poetry) 시집 007

이수오 시집

다도해

인 쇄 2020년 6월 20일
발 행 2020년 6월 25일

지은이 이수오
발행인 양소망
펴낸곳 도서출판 넓은마루
주소 서울특별시 종로구 삼일대로30길 21, 618호(낙원동, 종로오피스텔)
전화 (02) 747-9897
이메일 withpoem9@hanmail.net
출판등록 제2019-000100호
인쇄 · 제본 신아출판사

저작권자 ⓒ 2020, 이수오
이 책의 저작권은 저자에게 있습니다. 서면에 의한 저자의 허락 없이 내용의 일부를
인용하거나 발췌하는 것을 금합니다.
COPYRIGHT ⓒ 2020 Lee soo oh
All right reserved including the rights of reproduction in whole or in part in
any form.
저자와 협의, 인지는 생략합니다.
잘못된 책은 바꿔 드립니다.

ISBN 979-11-968089-7-6 04810
ISBN 979-11-968089-2-1   세트

값 10,000원

「이 도서의 국립중앙도서관 출판예정도서목록(CIP)은 서지정보유통지원시스템 홈페이지
(http://seoji.nl.go.kr)와 국가자료공동목록시스템(http://www.nl.go.kr/kolisnet)에서 이용
하실 수 있습니다.(CIP제어번호: 2020023596)」

Printed in KOREA